AF313179

LE SULTAN

MISAPOUF,

ET LA PRINCESSE

GRISEMINE.

PREMIERE PARTIE.

A LONDRES.

M. DCC. XLVI.

DISCOURS

PRE'LIMINAIRE.

VOUS m'avez, non seulement demandé, Madame, un Conte de Fée, vous avez même éxigée qu'il fut fait avant mon retour à Paris ; vous m'avez de plus, ordonnée d'éviter toute ressemblance avec tous ceux qui paroiſſent depuis quelque tems. Croyez-vous, Madame, qu'il ſoit auſſi facile de vous donner un Conte de Fée d'un tour neuf, & d'un ſtile moins commun que celui qui ſemble affecté à ces ſortes d'Ouvrages ; qu'il eſt aiſé à Meſſieurs les Auteurs des Etrennes de la Saint Jean & des œufs de Pâques d'ajouter chaque jour un nouveau Chapitre à ces chefs-d'œuvre d'eſprit & de bon goût ? Quoi qu'il

en foit, l'obeïſſance étant
une vertu que votre Se-
xe préfere peut-être à
toutes les autres, je me
ſuis mis à l'Ouvrage,
& je vous envoye tout
ce que j'ai pû tirer de
mon imagination. Vous
vous appercevrez par le
ton différent qui regne
dans le cours de ce pe-
tit Ouvrage, que mon
imagination a peu de
ſuite, & change ſouvent
d'objet. Elle dépend ſi
fort de ma ſanté & de
la ſituation de mon eſ-

prit, que tantôt elle est triste, tantôt bizarre, quelquefois gaie, brillante; mais en général toujours mal reglée, & ayant peu de suite. Par exemple, le commencement de ce Conte est singulier, le récit du Sultan est vif, naïvement conté; & je crois assez plaisant jusqu'au désenchantement de la Princesse Trop est trop. L'Episode du Bonze Cerasin, fournit encore un plus grand comique.

Mais tout-à-coup arri-
ve une description d'un
Temple & des différens
ceintres qui le compo-
sent ; cet endroit au-
quel on ne s'attend pas,
est ce me semble intéres-
sant ; c'est dommage qu'il
ne m'ait pas été possible
de faire dire tout cela
à un autre qu'au Sul-
tan Misapouf, qui, ve-
ritablement doit être é-
tonné lui-même de tout
ce qu'il débite de beau,
& de la délicatesse des
sentimens que je lui don-

ne tout-à-coup. Les Mé-
tamorphoses qui suivent,
la fin de l'Enchantement
de la Princesse ne pro-
duisent rien de vif, ni
de bien piquant ; mais
le Sultan ayant annon-
cé au commencement de
son Histoire qu'il a été
Liévre, Levrier & Re-
nard ; il a bien fallu
lui faire tenir sa paro-
le. S'il ne lui est rien
arrivé de plaisant sous
les deux premieres for-
mes , c'est en vérité la
faute de mon imagina-

tion & du peu de con-
noiſſance que j'ai de la
façon de vivre & de pen-
ſer de Meſſieurs les Lié-
vres ; comme Renard,
il devoit, ſans doute,
étaler toute la ſoupleſſe
& la ruſe qu'on attri-
bue à cette eſpéce d'a-
nimal.

Au lieu de cela je lui
fais préférer une petite
poule à une douzaine de
gros dindons. Cette bé-
vue, ſi peu digne d'un
Renard aviſé, produit
une cataſtrophe qui fait

honneur à nos plus grands Romans , & que le ton de ce Conte ne promet sûrement pas. A l'égard de l'Histoire de la Sultane , je n'entreprendrai ni de la justifier , ni d'en faire la Critique. Elle est moins originale que celle de Misapouf ; & par-là elle plaira moins à certaines gens , & sera plus du goût de beaucoup d'autres. Pour moi, je vous avouerai que j'en fais moins de cas que de celle du Sultan , & que

ce n'est pas ma faute si
elle diffère de genre, de
style & de ton. Pourquoi
est-elle venue la derniere ?
Mon imagination s'est
épuisée en faveur de Mi-
sapouf, & j'ai été obli-
gé d'avoir recours à ma
mémoire, pour me tirer
de cette derniere Histoi-
re. Je souhaite que le tout
ensemble puisse vous a-
muser un moment. Je se-
rai suffisamment payé de
ma peine & de mon travai.
Vous trouverez sans dou-
te que ce Conte est un peu

libre, je le pense moi-même ; mais ce genre de
Conte étant aujourd'hui
à la mode, je profite du
moment ; bien persuadé
qu'on reviendra de ce
mauvais goût, & qu'on
preférera bientôt la ver-
tu outrée de nos ancien-
nes Héroïnes de Romans
à la facilité de celles
qu'on introduit dans nos
Romans modernes. Il en
est de ces sortes d'Ou-
vrages comme des Tra-
gédies, qui ne sont pas
faites pour être le Ta-

bleau du Siécle où l'on vit. Elles doivent peindre les hommes tels qu'ils doivent être & non tels qu'ils sont. Ainsi ces Contes peu modestes, où l'on ne se donne pas souvent la peine de mettre une gaze legere aux discours les plus libres & où l'on voit à chaque page des jouissances finies & manquées, passeront à coup sûr de mode avant qu'il soit peu.

Vous serez étonnée qu'avec une pareille fa-

çon de penser, je me sois
livré si franchement au
goût présent & que j'aie
même surpassé ceux qui
m'ont précédé dans ce
genre, que je désaprou-
ve; mais je vous le re-
péte, c'est moins pour me
conformer à la mode que
pour profiter du tems où
elle est en regne, & rui-
ner, s'il est possible, ceux
qui voudront écrire après
moi sur un pareil ton.
Le Conte que je vous
envoye est si libre & si
plein de choses, qui, tou-

tes ont rapport aux idées
les moins honnêtes , que
je crois qu'il sera difficile
de rien dire de nouveau
dans ce genre. Du moins
je l'espére ; j'ai cependant
évité tous les mots qui
pourroient blesser les oreil-
les modestes; tout est voilé;
mais la gaze est si legere
que les plus foibles vues
ne perdront rien du Ta-
bleau.

LE

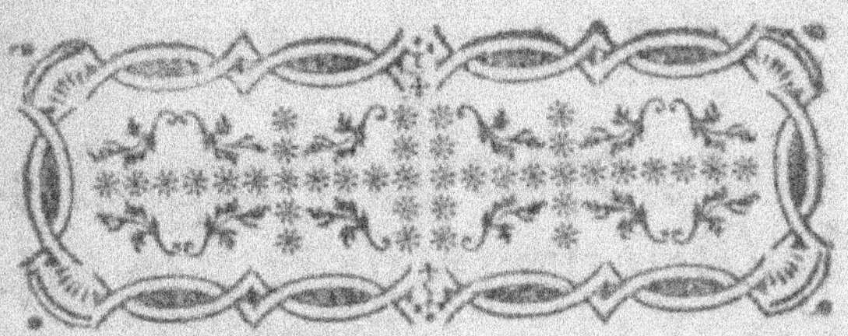

LE SULTAN

MISAPOUF,

ET LA PRINCESSE

GRISEMINE,

OU

LES METAMORPHOSES.

CONTE.

AH ! dit un jour en soupant le Sultan Misapouf, je suis las de dépendre d'un Cuisi-

I. Partie.   A

nier, tous ces ragoûts-là sont manqués, je faisois bien meilleure chere quand j'étois Renard. Quoi, Seigneur, vous avez été Renard, s'écria en tremblant la Sultane Grisemine ! Oüi, Madame, répondit le Sultan. Hélas ! dit Grisemine en laissant échapper quelques larmes, ne seroit-ce point votre Auguste Majesté, qui pendant que j'étois Lapine auroit mangé six lapreaux, mes enfans ? Comment, dit le Sultan effrayé & surpris , vous avez été Lapine! Oüi, Seigneur, repliqua la Sultane , & vous avez dû vous appercevoir que le lapin est un mets dont je m'abstiens exactement , je craindrois toujours de manger quelques - uns de mes Cousins ou Neveux. Voilà qui est bien singulier, repartit Misapouf; dites-moi, je vous prie , étiez-vous Lapin d'Angleterre ou de Cabouë? Seigneur , j'habitois une Garenne de Norvêge, répondit Gri-semine. Ma foi, dit le Sultan, j'étois un Re-nard du Nord, & il se peut sans miracle, que ce soit moi qui ait mangé vos six enfans ; mais admi-rez la justice Divine, j'ai reparé ce crime en vous faisant six garçons, & je vous avouerai sans fadeur que malgré ma gourmandise & mon goût pour les lapreaux, j'ai eu plus de plaisir à faire les uns qu'à manger les autres.

Seigneur, vous êtes toujours galand, repliqua Grifemine, cela me fait efperer que votre fublime Majefté voudra bien me raconter fes Avantures. Volontiers, dit le Sultan; mais à charge de revanche.

Je commence par vous avertir que mon ame a paffé dans le corps de plufieurs bêtes, non par tranfmigration, c'eft un fyftême de Chacabou auquel je ne crois pas ; c'eſt par la malice d'une injuſte Fée que tout cela m'eſt arrivé. Avant d'entrer en matiere, je crois devoir détruire cette pernicieuſe doctrine de la Métamphſicoſe. Seigneur, dit la Sultane, cela eſt inutile, votre érudition ſeroit en pure perte, je n'y comprendrois rien, je crois ſur votre parole la Métamphſicoſe une erreur ridicule: dites-moi ſeulement quelles ſortes de bêtes vous avez été. A la bonne-heure, dit le Sultan. Premierement j'ai été Liévre, ensuite Levrier, puis Renard, & je dois, dit-on, finir par être un animal que je ne connois point, qu'on appelle Capucin. Seigneur, dit la Sultane, votre sçavante Majesté n'a-t-elle jamais vû son ame éclipsée sous la forme de quelque Etre inanimé? Oui, sans doute, repliqua Misapouf, j'ai été Baignoire. C'est, je le vois, la conformité de nos destinées , reprit Grisemine , qui nous a unis : j'ai passé comme vous par bien des formes différentes , j'ai d'abord été barbuë. Mais vous ne l'êtes pas mal encore, dit le Sultan. Vous êtes bien poli, Seigneur , répondit Grisemine ; j'ai donc été barbuë & lapin. Vous nous conterez tout ce qui vous est arrivé sous ces deux métamorphoses , dit le Sultan. Vous m'avez demandé mon Histoi-

re, écoutez-la , si vous
pouvez , sans m'inter-
rompre.

HISTOIRE

Du Sultan Misapouf.

JE ne sçais si vous a-vez entendu parler du Grand Hyaouas, qui étoit de l'Illustre Famille de Lâna. Oui, Seigneur, dit Grisemine, ce fut lui qui conquit les Royaumes de Laüs, de Tonquin & de Cochinchine, desquels est sorti l'Empire de Gânan.

Vous avez raison, répondit Misapouf, & pour une Sultane cela s'appelle sçavoir l'Histoire.

Le célébre Tonclukt étoit descendu de cet Hyaouas, & moi je suis arriere-Petit-Fils de ce Tonclukt. Tout cela ne fait rien, me direz-vous, à mes Avantures, d'accord; mais j'ai été bien-aise de vous dire un mot de ma Généalogie pour vous faire voir que dans ma Maison nous ne sommes pas Renards de pere en fils.

Mon pere étoit un petit homme gros & court, sa taille étoit l'image de son esprit, de sorte que les sourds pouvoient juger de son esprit par sa taille, & les aveugles de sa taille par son esprit. Je n'en dirai pas davantage, parce que je pourrois m'échapper, & il ne faut pas mal parler de son pere quand on veut vivre long-tems.

Mon pere, donc, devint amoureux d'une Princesse qui avoit les cheveux crêpus & l'ame senfible, ces deux chofes-là, dit-on, fe fuivent ordinairement : cette fenfibilité en queftion, me fit naître quelques mois avant leur mariage ; je n'en fus cependant pas plus heureux, & vous verrez par mes Avantures que j'ai fait mentir le proverbe. La premiere femme de mon pere qui avoit les cheveux blonds, & qui étoit auffi vive que fi elle les avoit eu crêpus, infor-

mée de ma naiſſance par
quelques-uns de ces mé-
chans eſprits de Cour,
au lieu de ſe vanger en
ſe faiſant faire un enfant
légitime par un autre
que ſon Mari, s'aviſa de
me prendre en guignon
& pria la Fée Ténébreu-
ſe d'honorer de ſa pro-
tection l'antipathie qu'-
elle avoit pour moi. Cet-
te vilaine Fée qui avoit
le caractere de la cou-
leur de ſon nom, pro-
mit de me mener beau
train, & jura que je ne

ferois Sultan qu'après avoir délivré deux Princesses de deux enchantemens les plus extraordinaires du monde & les plus opposés. Ce n'est rien encore que cette terrible nécessité, il falloit pour être quitte de sa haine, que j'étranglasse mes Amis, mes Parens, & mes Maitresses.

Grifemine friffonna à cet endroit de la narration du Sultan; il s'en apperçut & lui dit, ne craignez rien, Madame,

tout cela eſt fait ; il falloit outre cela que je
mangeaſſe une famille
entiere dans un ſeul
jour. Vous m'avouerez
qu'il faut être enragée
pour inventer une pa-
reille deſtinée en faveur
d'un honnête homme.

Ma propre mere, loin
de me plaindre, parut en-
vier le ſort qui m'étoit
reſervé , & dit , voilà un
petit garçon trop heu-
reux , il verra bien des
choſes. J'avois à peine
quinze ans , lorſqu'elle
me

me remit entre les mains
de la Fée Ténébreu-
se, pour commencer le
cours de mes singulie-
res Avantures. Petit bon-
homme, me dit la Fée,
vous ignorez les obliga-
tions que vous m'allez
avoir; s'il est vrai que la
connoissance du monde
forme l'esprit, il n'y aura personne de compa-
rable à vous. Je voulus
lui témoigner ma re-
connoissance. Trêve de
complimens, me dit-
elle, ne me remerciez

Iᵉ Partie. B

pas d'avance , je vais vous mettre en état de commencer votre brillante carriere. En finissant ces mots , elle me toucha de sa baguette , & je devins une Baignoire. Ce premier bienfait me surprit , je l'avoue. Sous ma nouvelle forme je conservois , pour mes péchés, la faculté d'entendre , de voir & de penser. La Fée appelle ses femmes & leur dit , lâchez les robinets ; dans l'instant je

me sentis innondé d'eau
chaude , j'eus une telle
frayeur d'être brûlé tout
vif, qu'il m'est toujours re-
sté depuis ce tems-là une
aversion singuliere pour
l'eau chaude , & même
pour l'eau froide ; quand
j'eus un peu repris mes
sens, j'entendis la Fée dire d'un ton aigre, qu'on
me deshabille ; cet or-
dre fut exécuté promp-
tement & je ne tardai
pas à me voir chargé
d'un poids énorme. Mes
yeux dont la Fée par-

malice m'avoit confer-
vé l'ufage, me firent con-
noître que ce fardeau é-
toit un gros derriere
noir & huileux apparte-
nant à la Fée. Seigneur,
dit Grifemine en inter-
rompant le Sultan, cette
Fée étoit bien dépour-
vue d'amour propre, il
me femble que... Il vous
femble, reprit Mifapouf,
fâché d'avoir été inter-
rompu, que toutes les
femmes doivent avoir
autant d'amour propre
que vous en avez, & en

cela vous avez tort ; la
méchanceté l'emporte
en elles sur tout autre
sentiment , & je suis certain que si la Fée eût pû
trouver un plus vilain
derriere que le sien , elle
n'eût pas manqué de
l'emprunter pour me fai-
re enrager. Quoi qu'il
en soit , elle fit durer
mon suplice une heure
& demie ; mon esprit
devoit commencer à se
former ; car en peu de
tems je vis bien du pays.
Mifapouf regardant la

Sultane, à ces mots, s'apperçut qu'elle se mordoit les levres pour s'empêcher de rire. Je crois, Madame, lui dit-il, que mes malheurs, loin de vous toucher, vous donnent envie de rire. Il est vrai, Seigneur, répondit Grisemine, j'ai peine à vous cacher la joye que je sens en voyant qu'ils sont finis. Ma foi, c'est s'en retirer avec esprit, repliqua le Sultan. Je ne vous ai fait cette question embar-

raſſante que pour vous
donner occaſion de bril-
ler. Enfin la Fée ſortit
du bain. Je goûtois à
peine la ſatisfaction d'en
être délivré, que je l'entendis ordonner à ſon
maudit Eunuque noir de
ſe baigner dans ſa mê-
me eau. Le Sultan s'in-
terrompant à cet endroit
dit à Griſemine, ſçavez-
vous, Madame, exacte-
ment comment eſt fait
un Eunuque noir ? Sei-
gneur, lui répondit Gri-
ſemine, il n'y a point de

ces gens-là parmi les La-
pins , & je n'ai , que je
sçache, jamais vû d'autre
homme en deshabillé
que votre Sublime Ma-
jesté. Cela n'est pas trop
vraisemblable, dit le Sultan. Quoi qu'il en soit ,
vous sçaurez que c'est la
plus vilaine , la plus dé-
goûtante chose que l'on
puisse envisager. Je fus
si frappé d'horreur à l'as-
pect de ce monstre, que
je m'évanouis. Heureu-
sement qu'une Baignoi-
re ne change pas de visa-
ge.

ge. Ainſi on ne s'en ap-
perçut point, je ne revins
que pour voir ce déte-
ſtable objet faire mille
impertinences pour a-
muſer les femmes de la
Fée. Si je veux jamais
beaucoup de mal à quel-
qu'un , je lui ſouhaiterai
d'être Eunuque noir.
Pourquoi pas d'en deve-
nir la Baignoire , dit la
Sultane ? Parbleu , Ma-
dame , avec tout votre
eſprit, vous n'êtes qu'une
ſotte, repliqua le Sultan.
Une Baignoire , comme

vous le sçavez par expé-
rience, peut redevenir
homme; il n'en n'est pas
de même d'un Eunuque.
Votre Majesté a raison,
reprit Grisemine, c'est
moi qui ai tort; mais o-
serois-je vous deman-
der, Seigneur, combien
de tems vous avez de-
meuré sous cette méta-
morphose? Huit jours,
Madame, dit le Sultan,
qui me parurent huit
ans; le neuviéme la Fée
me rendit ma figure hu-
maine en me disant :

mon enfant , je suis contente de vous , vous avez bien fait votre métier de Baignoire ; je crois que vous n'êtes pas fâché de tout ce que je vous ai fait voir en si peu de tems. Allez, poursuivez vos brillantes Avantures , & souvenez-vous de moi. Me croyant dispensé d'un remerciement , je lui tournai le dos & je la quittai promptement. Je courois à travers champs comme un fol, m'imaginant tou-

jours avoir la phifiono-
mie d'une Baignoire :
j'ufai deux douzaines de
mouchoirs à force de
m'effuyer le vifage. Sur
le foir je me trouvai dans
une forêt , j'apperçus
une fontaine & une af-
fez belle femme qui fe
baignoit : ce fpectacle
d'eau, & de bain me rap-
pellant mes malheurs ,
me fit prendre la fuite
fur nouveaux frais, mal-
gré les cris de la Dame
qui me repétoit de tou-
tes fes forces, arrêtez ,

Chevalier , la Fée aux Bains vous en conjure : ces mots me firent re- doubler ma courſe. Ah ! cruel , continua-t-elle , puiſque tu ne veux pas m'entendre , cours au moins délivrer le nez de mon Mari. Vous croyez bien que c'eſt de quoi j'é- tois fort peu tenté ; j'é- tois trop ſatisfait d'avoir délivré le mien , pour m'embarraſſer de celui d'un autre. Au bout d'u- ne heure d'une marche fatiguante , je m'arrêtai

& je ne tardai pas , mal-
gré mon inquiétude , à
m'endormir. Au point
du jour je fus reveillé par
un bruit qu'un reste de
sommeil me faisoit pa-
roître éloigné ; je sentis
en même-tems une main
qui défaisoit mon pour-
point & me prenoit le
petit doigt : j'entendis
une voix douce qui di-
soit, je n'en n'ai jamais
vû un si petit , j'espere
qu'il pourra délivrer ma
fille. J'ouvris tout-à-fait
les yeux & j'apperçus

une Princesse d'une
beauté à laquelle on ne
peut comparer que la
vôtre. Elle étoit dans
un Palanquin entourée
d'un grand nombre de
Gardes , montés sur des
Chameaux : elle me fit
monter dans sa voiture &
me plaça à sa gauche. Je
pensai tomber à la ren-
verse en découvrant la
figure exhorbitante qui
étoit à sa droite ; c'étoit
un homme ou plûtôt un
démon qui avoit dix
pieds neuf pouces de

haut. Je crus d'abord
que c'étoit le Coloſſe de
Rhodes; je levai les yeux
pour le conſiderer, com-
me ſi j'avois voulu exa-
miner les étoiles, je l'apperçus qui jettoit ſur
moi des regards dédai-
gneux & moqueurs. Je
regardai enſuite la Prin-
ceſſe. Elle m'honora d'un
ſourire admirable, qui eſt
toujours demeuré gra-
vé dans ma mémoire.
Vous m'en avez ſouvent
rappellé le ſouvenir, Ma-
dame, & ne vous en ê-

tes pas mal trouvée. Je reviens à mon Géant : j'eus peur pour la Princesse qu'il ne fût son Mari ; c'eût été un meurtre, j'étois bien persuadé qu'il n'étoit pas son Amant. Je ne pus resister à ma curiosité, je lui demandai à l'oreille si c'étoit-là Monsieur son Mari : non, dit - elle. Au moins, continuai - je, vous n'avez aucun dessein sur lui, ce n'est point un prétendant ? Non, répondit - elle encore.

Ne feroit-ce point , lui
dis-je , le Chef de vos
Eunuques ? Il falloit que
cet animal de Géant eût
l'oreille auffi fine qu'elle
étoit grande ; car je par-
lois très-bas , cependant
il m'entendit & me don-
na un coup de pouce
fur la joue qui me jet-
ta à la renverse fans con-
noiffance. Seigneur , dit
la Sultane, cela pourroit
s'appeller un foufflet.
Eh, vous n'y penfez pas,
Madame , répondit Mi-
fapouf , un foufflet fe

donne avec toute la main. Je vois bien que je me trompois, dit Grifemine. Mais vraiment c'est un de vos talens, repliqua le Sultan ! La Princesse me pinça, me chatouilla pour me faire revenir, tout fut inutile ; elle trouva un ruisseau & me répandit une telle quantité d'eau sur le visage, que j'ouvris les yeux avec un effroi terrible. Je crus fermement que j'étois encore transformé en Baignoire. A-

près m'être remis de
mon trouble, j'imaginai
devoir dire à mon don-
neur de coups de pou-
ce, Monſieur, voilà une
fort mauvaiſe plaiſante-
rie. Petit bon-homme,
me répondit-il, c'eſt
pour vous apprendre à
demander ſi je ſuis Eu-
nuque. Ignorez-vous,
ajouta la Princeſſe, que
de ſoupçonner quel-
qu'un, d'être de ces
gens-là, ou quelque
choſe d'approchant, c'eſt
lui faire une offenſe

cruelle. Ainſi vous auriez dû vous diſpenſer d'une ſemblable queſtion ſur le compte du Seigneur Zinpuziquequoaziſi.

Ah ! bon Dieu, dis - je en moi-même, voilà un nom qui eſt auſſi grand que lui. Je vois bien, Princeſſe, pourſuivis-je, que Monſieur eſt de vos amis. Non, me répondit-elle, je ne le connois que depuis une heure, & il n'a d'autre avanta-ge ſur vous que celui de m'avoir appris ſon nom.

Le mien dis-je alors, char-
gera moins votre mé-
moire. Je m'appelle Mi-
fapouf tout court. Vous
en avez bien l'air, me dit
le Géant. Je ne répondis
point à cette agréable
plaifanterie, pour éviter
une nouvelle querelle.

Je vais vous appren-
dre, me dit la Princeffe,
ce qui vous procure le
hazard de me voir ; il
faut pour cela vous faire
une partie de mon Hi-
ftoire.

Je fuis la Reine Zémangire : mon Mari eſt Roi de ces vaſtes Forêts, & c'eſt pour cela qu'il ſe nomme le Roi Sauvage.

Son bonheur auroit été parfait s'il n'eût pas été traverſé par la Fée Ténébreuſe. Que je le plains, Madame, vous connoiſſez cette....Doucement, morbleu, dit le Géant, n'en dites pas de mal, car je ſuis ſon fils. Ce n'eſt pas ce que vous faites de mieux, reprit la Reine. Ce trait-

là me fit voir qu'elle a-
voit beaucoup d'esprit.
Mais puisque vous êtes
le fils de la Fée Téné-
breuse, continua la Prin-
cesse , faites-moi raison
des deux enchantemens
qu'elle a faits contre mes
filles. Quels sont ces enchantemens, demanda le
Géant ? Ma chere mere
ne m'instruit pas de tout
ce qu'elle fait ; je ne suis
encore ni Magicien ni
Génie. Pour le dernier,
on le voit bien , dit la
Reine en souriant. Je
vais

vais vous informer du malheur de mes deux filles & de ce qui l'a causé. La Fée Ténébreuse devint amoureuse de mon Epoux. Cela ne me surprend point , dit le Géant ; on dit qu'elle est sujette à cela. Je crois , continua la Princesse , qu'elle est aussi fort sujette à n'être pas aimée. Le Roi qui me chérit de toute son ame , reçut très-mal sa déclaration & les avances qu'elle lui fit : il lui représenta qu'elle n'étoit ni d'âge ni de figure à pouvoir le rendre infidéle. Puisque tu es assez sot , dit la Fée , pour refuser mes faveurs , je m'en vangerai. La Reine est grosse , elle accouchera de deux filles ; tu ne pourras les marier que lors que tu auras trouvé pour chacune un petit doigt convenable à ces deux anneaux que tu vois & que je leur destine : il y en a un aussi petit que l'autre est prodigieux , il dé-

pendra de moi de les pla-
cer & de les diſtribuer
comme je le jugerai à
propos.

La prédiction de la
Fée fut accomplie ; je
mis au jour deux filles :
l'une devint grande ,
belle & bien-faite , l'autre reſta d'une petiteſſe
exceſſive. La Fée qui
leur a fait préſent des
deux anneaux en queſ-
tion n'avoit eu aucun
égard à la différence de
leurs tailles ; elle avoit
au contraire , pris plai-

fir à contrarier la natu-
re ; elle ufurpa encore
le droit de les nom-
mer; & confequemment
à la bizarerie de fes
dons , elle appella ma
grande fille *Trop eft trop*,
& l'autre la Princeffe *Ne*
vous y fiez pas. Depuis
que mes filles font en
âge d'être mariées elles
en ont autant d'envie
que fi elles avoient un
anneau fait comme les
autres. Il s'eft préfenté
plufieurs Partis pour la
Princeffe Ne vous y fiez
pas ; mais inutilement.

Je vous confierai cepen-
dant que ce qui augmen-
te mon chagrin , c'est
que je la crois grosse à
présent. Eh bien , dis-je,
tant-mieux. En voilà
déja une de mariée , il
ne s'agit plus que de
trouver un Parti à l'au-
tre ; le Seigneur Zinpu-
ziquequoazisi sera son
affaire. Hélas ! je ne suis
pas si heureuse , reprit la
Reine en versant quel-
ques larmes , ce sont
deux petits Princes de
trois pieds & deux pou-

ces au plus , qui ont des-
honoré ma fille Ne vous
y fiez pas , & qui ont ensuite disparu. J'ai consul-
té l'Oracle , il m'a repon-
du qu'il n'y avoit qu'un
certain nez qui fût ca-
pable de découvrir ces
Princes , que ce nez-là
en pâtiroit & qu'il n'y
auroit qu'un Géant qui
pouroit délivrer ce nez ,
& que la grande Prin-
cesse étoit destinée au
Prince porteur du plus
petit doigt du monde.
Je n'ai pas encore ren-

contré le nez qui nous est nécessaire ; mais en attendant j'ai trouvé son Libérateur dans la personne du Seigneur Zinpuziquequoazifi , & le fait du petit anneau dans la personne de Misapouf tout court.

La bizarrerie de ces enchantemens & la curiosité si naturelle qu'on a de voir des choses extraordinaires, triomphèrent de la répugnance que je sentois à me rendre à la Cour du Roi Sauvage. Nous y arrivâmes au bout de quelques heures. Seigneur, dit Zemangire au Roi son Epoux, voilà deux perſonnages que j'ai rencontrés, dont les petits doigts pourront convenir aux deux anneaux enchantés, il n'y a qu'un nez que je n'ai pû vous amener. Oh ! répondit le Roi, ne ſoyez point inquiette du nez, il eſt dans ſon étui.

Depuis votre départ il eſt arrivé des choſes bien

bien singulieres à la Princesse Ne vous y fiez pas.
Vous sçavez la foiblesse
qu'elle avoit pour ces
deux petites Marionnet-
tes de Princes, c'est sans
doute à cause de sa facilité, que la Fée Ténébreuse
l'a nommée Ne vous y
fiez pas. Je m'en suis
doutée, dit la Reine,
lorsque je l'ai vue grosse.
C'est avoir bien de la
pénétration, continua le
Roi ; mais vous auriez
mieux fait de vous en
douter auparavant. Je

I. Partie.　　　　E

n'ai jamais vû une fem-
me si prodigieusement
grosse, son ventre tou-
che à son menton ; ce
qui vous surprendra en-
core plus , c'est qu'on
entend parler distincte-
ment dans son ventre; je
crois, en vérité , qu'elle
accouchera d'un Ré-
giment de Liliputiens.
Seigneur , ce que vous
racontez est incroya-
ble , reprit la Reine.
C'est un fait , Mada-
me , votre Accoucheur
a voulu examiner de

près ce Phénomène , on lui a jetté au visage une grêle de noyaux de cerises dont un l'a malheureusement éborgné. Monsieur , dit la Reine , il faut que la tête vous ait tourné pendant mon absence. Eh ! non , Madame , encore un coup , reprit le Roi avec aigreur , vous me feriez donner au diable avec vos doutes. Ah ! j'ai tort, repondit Zemangire, de ne pas croire bonnement que ma fille est grosse d'un cérisier. Eh, qui diable vous dit cela, Madame ? Il n'est question que de mangeurs de cérises & des noyaux qu'ils jettent. Le Grand Bonze Cerazin, continua le Roi, a offert des sacrifices au Pagode, il est venu prêter l'oreille où vous sçavez, pour s'assurer par lui-même si on entendoit réellement des conversations suivies dans le ventre de ma fille. Eh je gage, dit la Reine, qu'on n'y diſoit pas un mot. Pas un mot, répliqua le Roi, voilà comme vous êtes toujours, Madame, vous doutez de tout. On y jouoit aux échecs, & on y diſputoit vivement, c'eſt là mon pion, c'eſt là le mien, Echec à la Dame, vous êtes échec & mat. Eh bien, qu'avez-vous à répondre à cela? Mais, répondit la Reine, que ma fille fait bien de s'y prendre de bonne-heure pour faire enſeigner

tous les jeux à ſes enfans.
Le Bonze ſurpris, com-
me vous croyez bien,
pourſuivit le Roi, ap-
prochoit de plus en plus
ſa grande oreille. Appa-
remment qu'elle ôtoit le
jour aux Joüeurs ; car
on la lui a pincée ſi fort,
qu'il a pris la fuite, en
criant comme un enra-
gé.

Il eſt arrivé ſur ces
entrefaites un Cheva-
lier au grand nez. Tout
ce que la Renommée
publioit ſur le compte

de mes deux filles, avoit
excité fa curiofité , il ve-
noit de fort loin pour
la fatisfaire. Comme je
me crois obligé de faire
les honneurs de ma mai-
fon, je l'ai menai le mê-
me jour de fon arrivée
chez la Princeffe Ne
vous y fiez pas ; il s'eft
approché fort près de
l'endroit en queftion :
mais quelle a été fa fur-
prife & la nôtre, lorfque
nous avons vû fon pau-
vre nez pris comme dans
un piége. Il a eu beau

erier, on n'a point lâché
prife, & il y eſt encore re-
tenu au moment que je
vous parle. Tous les E-
trangers qui paſſent dans
la ville vont le voir pour
la rareté du fait , & la
Princeſſe leur dit en riant
ne le plaignez pas, Meſ-
ſieurs. Voilà ce qui arri-
ve à ceux qui mettent
leurs nez où ils n'ont
que faire.

C'eſt ſans doute ce
nez-là, dis-je , qu'on m'a
prié de délivrer. Cet honneur , répondit la Rei-

ne , ne peut regarder que le Seigneur Zinpu-ziquequoazifi , puifque felon l'Oracle il n'y a qu'un Géant qui puiffe en venir à bout ; mais tranfportons - nous fur les lieux pour mieux é-xaminer la chofe. C'eft bien penfé , dit le Roi. Nous allâmes donc chez la Princeffe Ne vous y fiez pas ; je la pris en a-verfion au premier coup d'œil , je vis une très pe-tite femme qui tenoit emprifonné un fort

grand Chevalier ; on
n'apperçoit point le vi-
fage de ce malheureux
chercheur d'Avantures ;
il étoit couvert par l'anneau, au travers duquel
avoit paffé fon pauvre
nez qui étoit la par-
tie fouffrante. Seigneur
Chevalier, dit le Roi,
j'efpere que nous allons
enfin brifer vos fers ;
nous avons trouvé un
petit doigt plus gros que
votre nez. Eh bien, Sei-
gneur, dit auffi-tôt le
prifonnier (en parlant

du nez comme vous croyez bien,) faites-moi l'honneur de le mesurer & de le comparer avec cet auguste & magnifique petit doigt. Non, parbleu, je ne le souffrirai pas, dit le Géant ; mais voyez cet impertinent avec son fichu nez. Il faudra bien, repliqua le Roi, que de gré ou de force vous nous prêtiez le meuble dont nous avons besoin. C'est ce que nous verrons, répondit le

Géant , en cachant ſes mains dans ſes culottes. La Reine interrompit cette converſation qui commençoit à devenir un peu aigre. Je ſçai le reſpect que je vous dois, dit-elle auRoi;mais avec votre permiſſion , vous n'avez pas le ſens commun , vous n'avez pas compris l'Oracle , ou il ſe contredit. Comment voulez-vous que le plus énorme petit doigt qui ſe ſoit vû convienne à cette Princeſſe , & qu'en même-tems elle épouse le petit Misapouf. Mon Dieu, Madame, cela se voit tous les jours. Ne diroit-on pas qu'on observe exactement les proportions de ceux qu'on marie. Le Seigeur Misapouf sera dans le cas de bien d'autres Maris.

A ce mot de Misapouf on entendit deux voix souterraines qui crioient : Eh, bon jour, mon cher cousin Misapouf, comment va votre santé ?

Qu'eſt-ce que cela ſi-
gnifie, dis-je à la Prin-
ceſſe ? Je crois, Mada-
me, que votre perſon-
ne ſert de logement à
mes Couſins. Voyons un
peu de près ce qui en
eſt.

Ne vous y fiez pas, ne
vous y fiez pas, s'écrie-
rent encore les deux
voix. Eh bien, leur criai-
je de mon côté, je ſçais
que c'eſt le nom de la
Princeſſe que l'on veut
me faire épouſer. Gar-
dez-vous-en bien, di-

rent-ils plus haut , ne vous y fiez pas.

Pendant cette conversation je voyois la Princesse rougir & pâlir successivement. Hélas ! dit-elle en s'adressant à moi , vos deux petits Cousins Colibry & Niny m'ont abusée ; ils se sont enfuis après m'avoir fait les enfans qui ont l'honneur de vous parler. Elle vous trompe , cria de toute sa force Colibri, elle dit qu'elle est grosse, pour sauver fa réputation ; mais il n'en eſt rien. Voici le fait. Nous imaginions mon Couſin & moi, que cette petite Princeſſe é- toit porteuſe du petit anneau. Comme nous étions ſûrs d'être por- teurs du petit doigt , (vous ſçavez, mon Cou- ſin, que c'eſt un mal de famille ,) nous crûmes donc pouvoir la déſen- chanter. Nous courû- mes tous deux avec une viteſſe égale , & nous entrâmes tout entiers

dans

dans l'anneau prodigieux
de cette petite créature.
Voilà pourquoi la Fée l'a
nommée la Princesse
Ne vous y fiez pas. Ah!
qu'il y a de petites fem-
mes dans le monde, dit le
Roi, qui mériteroient un
pareil nom. Nous voilà
éclaircis, c'est le Seigneur
Géant qui doit délivrer
le nez & épouser la Prin-
cesse. Il s'en défendit
d'abord & soutint que
cela étoit impossible, at-
tendu la différence de
taille. La Princesse Ne

I. Partie.　　　　　F

vous y fiez pas , lui dit
qu'il falloit au moins
essayer ; qu'on verroit
ensuite à prendre un
parti. Il se laissa persua-
der , on les enferma en-
semble , & je fus con-
duit chez sa sœur , je
fus surpris de sa gran-
deur , elle avoit près de
six pieds , cependant el-
le n'en n'étoit pas moins
belle & agréable. Mer-
veille de nos jours , lui
dis-je, en lui serrant tendrement le bout du pied
gauche , est - il possible

que je fois l'heureux
mortel deftiné à !......
Prince , répondit-elle ,
je fouhaite de tout mon
cœur que vous veniez
à bout d'une entreprife
fi difficile. Dans cet inftant je vis entrer le
grand Bonze Cerzian en-
touré de tous les Bonzes
du pays : il tenoit dans
fes mains un livre cou-
vert de plaques d'or. A-
près nous avoir fait, ain-
fi que fon cortége , une
profonde révérence , il
récita quelque chofe ,

moitié bas, moitié haut, lut dans ce livre, & s'adreſſant à moi, il me tint ce diſcours. La Princeſſe va ſe placer ſur ce ſopha, alors vous pourrez tenter l'avanture qui vous eſt reſervée. Une pareille fortune n'arrivera jamais à un pauvre Prêtre ; mais il faut ſe ſoumettre à la volonté du ſort. Je dois vous avertir d'une choſe eſſentielle, c'eſt de ne rien forcer à l'anneau de la Princeſſe ; car la Fée a

mis une si grande cor-
respondance de la per-
sonne avec l'anneau,
que les efforts que vous
feriez mal adroitement
feroient souffrir une
douleur horrible à la
Princesse. Je dois être
présent à cette épreuve.
J'observerai les yeux &
les mouvemens de la
Princesse, & suivant ce
que je verrai, je vous a-
vertirai de vous arrêter
ou de poursuivre. En fi-
nissant ces mots, il me
fit signe que je pouvois

commencer. Je voulus suivre ce conseil sans perdre de tems ; mais je crois que la Fée avoit enchanté mon petit doigt ; car il grossissoit à mesure que je l'approchois de l'anneau ; cela m'inquiéta, cependant je tentai l'avanture. Dès le premier effort la Princesse dit, vous me faites mal. Cerazin aussitôt me cria, arrêtez-vous donc, n'entendez-vous pas que la Princesse dit, vous me faites mal ?

Malgré cet avertisse-
ment je fis une seconde
tentative un peu plus
forte. Ah ! je n'en puis
plus , dit la Princesse.
Voulez-vous bien n'être
pas si brutal , maudit
Nain que vous êtes , me
cria encore le Grand
Bonze? Malgré cette se-
conde remontrance , je
crois que j'allois triom-
pher , lorsque tout - à -
coup mon petit doigt
qui s'étoit gonflé d'une
maniere étonnante , re-
devint dans un état tout

contraire. Je m'arrêtai,
fort furpris de ce chan-
gement. Allons donc, dit
Cerafin, la Princeffe fe
morfond, eft-elle faite
pour attendre votre
commodité ? Qu'eft-ce
que ce petit pareffeux !
Pendant tout ce dialo-
gue, mon petit doigt
redevint tel qu'il étoit
un moment auparavant.
Je profitai de l'inftant,
la Princeffe fit un cri
douloureux, & puis dit
en foupirant. Ah ! mon
Ami, vous m'avez tuée;

ce

ce mot d'Ami me fit plai-
fir, il me parut venir d'un
bon caractere : je fis de
nouveaux efforts ; mais
ils étoient inutiles. La
Princeffe dit en me re-
gardant tendrement, le
charme eft rompu. Le
Grand Bonze repéta en
chœur avec tous fes Sa-
tellites , gloire foit au
petit doigt de Mifa-
pouf, le charme eft rom-
pu. Je fus au comble de
la joye ; je vous avoue-
rai que depuis ce for-
tuné moment je n'ai

I. Partie.   G

point peur des grandes
femmes , je me défie
beaucoup plus des pe-
tites. La nature fur cet
article eft prefque auffi
bizarre que la Fée Té-
nébreufe , elle fe plaît
à faire le contraire de
ce que la raifon femble
exiger.

J'étois dans l'yvreffe
de ma victoire , lorfque
la maudite Fée Téné-
breufe defcendit dans
fon char des Brouillards.
Taifez-vous, Prêtrailles ,
s'écria-t-elle, je vais vous

apprendre à chanter des
Hymnes à mon préju-
dice. Elle dit, & toucha
de fa baguette Cerafin
& fes Grands-Vicaires ;
ils tomberent les uns fur
les autres ; mais en fe
relevant, ô furprife ! ô
fpectacle effrayant ! je
les vis & ne les recon-
nus pas ; leurs bouches
étoient transformées en
anneaux. On ne peut s'i-
maginer à quel point
cela changeoit leur phi-
fionomie, il faut l'avoir
vû pour le croire. Le

pauvre Cerasin me di-
soit d'un air humilié,
ayez pitié de moi.
Tous les autres Prêtres
répétoient la même cho-
se en chœur ; ils m'é-
tourdirent tant, que je
les renvoyai : ils sorti-
rent avec leurs anneaux
barbus. On les auroit
pris pour des Capucins.

Cerasin qui étoit un
Petit-Maître, se regarda
dans son miroir en ar-
rivant chez lui & se fit
horreur. Il ne concevoit
pas comment il se pou-

voit faire qu'un an-
neau, qu'il avoit tou-
jours trouvé une jolie
chofe, pût le rendre fi
vilain:cela prouve que le
principal mérite de tout,
confifte à être à fa place.
Enfin, il prit le parti
d'envoyer chercher fon
Barbier, qui lui dit en
entrant, je viens fçavoir
ce que vous fouhaitez,
Monfeigneur ; j'ai eu
l'honneur de rafer ce
matin Votre Grandeur.
Oh ! vraiment, répon-
dit Cerafin, ma Gran-

deur est passée à ma bar-
be. Regardez-moi , ne
suis-je pas un joli gar-
çon ? Ah ! Grand Pago-
de , s'écria le Barbier en
reculant trois pas , quelle bouche , quelle bar-
be ! Cela tient du mira-
cle , & je ne sçai si Monseigneur fait bien de
vouloir se la faire abba-
tre. Je croirois presque
que c'est notre sacré sin-
ge qui a voulu vous
marquer sa bienveillan-
ce , en vous donnant le
bas de son visage. Ne

laissez pas, répondit Ce-
rasin, que de me bien
savonner. Le Barbier
obéit, & savonna Mon-
seigneur ; mais quand
Monseigneur fut savon-
né & rasé, il étoit en-
core plus laid qu'aupa-
ravant. Il tomba dans
la désolation, en se
voyant une bouche en
cul de poule : il disoit
avec fureur, mais on n'a
jamais vû une bouche
de cette façon-là. Du
moins, répondit le Bar-
bier avec un air respe-

ctueux , j'ose assurer ,
Monseigneur , que si on
en a vû , ce n'a jamais
été au-dessous d'un nez.
Ah ! je n'ai pas besoin
de vos remarques , re-
prit Cerasin. Tenez ,
vous voilà payé , allez-
vous-en. Ah ! Monsei-
gneur , dit humblement
ce Barbier , vous avez
trop de conscience pour
ne payer que pour une
simple barbe ; celle - ci
en vaut deux ; ayez la
bonté de tâter comme
les poils de votre Gran-

deur font durs, il m'en a coûté un rafoir. Sa Grandeur qui étoit avaricieufe, le renvoya brutalement, & le Barbier pour s'en vanger, publia auffi-tôt l'avanture, dont toute la Cour fe divertit.

La Princeffe & moi nous en rions encore le foir en nous mettant au lit ; mais notre joye ne dura pas long-tems. Car dès que je préfentai mon petit doigt à l'anneau, je fus mordu bien ferré.

Je pouſſai un cri perçant & j'entendis un grand éclat de rire ; j'en fus piqué, & je dis à la Princeſſe, Madame, je ne vois pas qu'il y ait là de quoi rire ſi fort. Moi, répondit-elle, je ne ris point & n'en ai nulle envie. Il eſt fort bon, repris-je, de me ſoutenir cela. Mon Dieu ! pourſuivis-je, cela n'eſt pas bien fin ; vous riez par vanité; vous êtes enchantée que je me ſois bleſſé. Je voulus faire un second essai , je fus mordu encore plus vivement : mes cris augmenterent à proportion , & le rire augmenta par éclats. Je ne fus pas maître de moi, je poussai la Princesse hors du lit : elle tira toutes les sonnettes en fondant en larmes. Les femmes apporterent des lumieres , & furent très surprises de ne voir que deux personnes, dont l'une pleuroit & l'autre grondoit , & d'entendre , malgré cela , rire à pâmer. Ce fut là le cas , ou jamais , de foupçonner qu'il y avoit quelque chofe là-deffous ; aufli ne man-quai-je pas de le dire , & même d'y regarder. Mais quelle fut ma fur-prife de trouver , au lieu de l'anneau , une bou-che véritable , à laquelle malheureufement il ne manquoit pas une dent, & qui me rioit au nez impudemment. La Prin-ceffe jetta les hauts cris. Madame , lui dis-je , il ne s'agit point ici de perdre tête, il faut tout simplement mander l'arracheur de dents de Sa Majesté. Hélas ! Monsieur, répondit-elle, il aura oublié son métier, car il y a dix ans que mon pere a perdu sa derniere. Malgré cela on alla le chercher : il voulut, comme de raison, visiter la bouche de la Princesse ; mais je lui dis, c'est un peu plus bas, Monsieur. Qu'appellez-vous un peu plus

bas , répondit-il ? n'est-
ce pas pour la Princesse
qu'on m'a mandé ? Sans
doute , repliquai-je. Eh
bien , poursuivit-il, que
voulez - vous me dire ?
Allons , Madame , ayez
la bonté de vous pla-
cer. La Princesse s'éten-
dit sur un canapé. Ma-
dame , dit l'Opérateur ,
ce n'est point là la situa-
tion de quelqu'un qui
se fait arracher une dent.
Monsieur , repartis-je ,
c'est la façon de la Princesse. Je ne puis pas ,

répondit-il , la blâmer
abfolument ; mais ce
n'eſt pas dans le cas préſent. Enfin je l'inſtruiſis
du fait , qu'il regarda
comme une Fable. Il
demanda de la lumiere
& fit ſa viſite. Ah ! le
beau ratellier , s'écria-t-
il d'abord. J'en con-
viens , lui dis-je ; mais
comme c'eſt une beau-
té déplacée , ce ſont
préciſement ces dents-
là qu'il faut arracher l'u-
ne après l'autre. Arra-
cher ces dents-là , reprit-

il avec colere ! Ah ! Monſieur, ce ſeroit un meurtre. Je vois bien, pourſuivit-il, que vous me prenez pour ces Dentiſtes qui ne ſentent pas le prix d'une dent ; mais vous vous trompez. S'il n'avoit été queſtion que d'en plomber quelqu'une, encore paſſe, il n'auroit point été étonnant qu'il y en ait eu une, au moins, qui fût creuſe ; mais ayez la bonté d'y regarder vous-même, tout ce que

je

je puis faire, c'est de les limer. Eh bien, dis-je, essayons ce moyen-là. Aussitôt il commença sa besogne avec grace, & me demanda si je ne sçavois pas des nouvelles. Dans cet instant il fut bien étonné de voir la lime se casser. Il en tira une autre qui eut le même sort, il en rompit six de suite. Ah ! parbleu, s'écria-t-il avec fureur, vous me donnez à limer des dents de diamans. Alors on

I. Partie.   H

entendit une voix pro-
noncer ces paroles.

,, Cette bouche de-
,, meurera où elle est a-
,, vec toutes ses dents ,
,, jusqu'à ceque la Prin-
,, cesse Ne vous y fiez pas
,, soit désenchantée.

Je ne perdis pas un
moment ; j'allai voir où
en étoit le Géant , qui ,
en me voyant m'éclata
de rire au nez. Je ne fis
pas semblant de m'en
appercevoir , parce qu'il
est inutile d'être que-
relleur , & j'allai à l'an-

neau de la Princeſſe ;
mais il n'y étoit plus. Je
vois votre étonnement,
me dit-elle, mon an-
neau vient de s'envoler
avec vos deux petits
couſins, comme un char
d'Opéra. Je ne ſçai
point en quel climat de
la nature on l'a tranſ-
porté. Allez, cherchez-
le, & ſongez que vous
n'aurez celui de ma
ſœur que lorſque le
charme du mien ſera
rompu.

J'allai conſulter Ce-

rasin & le prier d'im-
plorer la bienveillance
du Pagode. Depuis qu'il
s'étoit fait faire la barbe
il vivoit fort retiré , cependant il voulut bien
me donner audiance.
Il rougit en me voyant
& me demanda si je ne
le trouvois pas bien
changé. Pas trop , lui
répondis - je , je vous
trouve seulement l'air
un peu efféminé. Vous
venez , me reprit-il , me
consulter sur votre voya-
ge , je vous y accompa-

gnerai. La Pagode m'a
revelé que les anneaux
ne seroient désenchan-
tés, que lorsque ma bou-
che, que j'ai perduë,
viendroit sur mes épau-
les. Je ne serai point fâché de la retrouver ; car
vous sentez bien que je
ne puis pas honnête-
ment me présenter en
bonne compagnie avec
celle que vous me voïez.
Ah ! lui dis-je, pour le
consoler, elle n'est pas
si mal, je suis simple-
ment fâché que vous

vous ſoyez fait raſer.
Oh ! répondit-il , j'ai
commandé une eſpéce
de petite perruque qui
aura l'air d'une grande
barbe. Cela ſera fort
bien , repris-je. Demain
matin nous partirons en-
ſemble.

Nous nous mîmes en
chemin à la pointe du
jour. Ceraſin s'appro-
choit de chaque femme
qu'il rencontroit & lui
diſoit, Madame , par ha-
zard, n'auriez-vous point
ma bouche ? Moi , de

mon côté , je difois ;
Madame a bien la mine
de porter l'anneau de la
Princeffe Ne vous y fiez
pas. On nous prenoit
pour deux fous , &
l'on ne nous répondoit
point. Vers le foir nous
trouvâmes une vieille
dans une fimple caban-
ne , elle nous dit qu'elle
fe nommoit la Fée aux
dents ; nous éclatâmes
de rire , parce qu'elle
n'en avoit pas une dans
la bouche , & nous
croyions que c'étoit par

ironie qu'on la nom-
moit ainſi. Elle fit ap-
procher des ſiéges ; mais
comme ſes meubles n'é-
toient pas neufs , le
pied de l'eſcabeau ſur le-
quel elle étoit aſſiſe rompit & la fit tomber à la
renverſe. Auſſi-tôt je vis
Ceraſin fondre ſur elle,
en criant de toute ſa force. Ah ! voilà ma bou-
che. Ah ! voilà mes
dents. La vieille ſe débat-
toit & faiſoit des grima-
ces effroyables. A la fin
elle s'accrocha à la bar-
be

be poftiche de Cerafin
qui lui difoit , voulez-
vous bien laifler ma bar-
be ; l'autre lui répondit :
laiffez mes dents vous-
même. A force de fe ti-
railler tous deux , une
dent de la Vieille refta
dans les mains de Ce-
rafin , & la petite perruque de bouche demeura
dans les mains de la
Vieille. Fi le vilain , s'é-
cria-t-elle, qui a la barbe
d'autrui ; il faut être Ec-
cléfiaftique pour aimer
à ce point-là le bien de

son prochain. N'avez-
vous pas de honte, lui répondit Cerasin, d'avoir
volé ma bouche, & de
l'avoir placée dans vo-
tre garde-meuble ? Il al-
loit cependant faire u-
ne échange de prison-
nier. Cerasin étoit sur
le point de rendre la
dent pour ravoir la per-
ruque, lorsque nous vî-
mes paroître une Fée
dans un char brillant
fait en ovale, qui nous
cria : gardez-vous bien
de vous défaire de

cette dent, elle eſt en-
chantée, elle appartient
à cette vieille Fée, qui
eſt ſœur de la Fée Té-
nébreuſe; & c'eſt cette
dent ſeule qui peut vous
ouvir les portes de mon
Temple. Madame, lui
dis-je, j'ai beaucoup de
reſpect pour votre Tem-
ple; mais s'il ne mene
à rien, je ne me ſoucie
pas d'y entrer. Je vois
bien, reprit-elle, que
vous ne connoiſſez pas
la Fée aux anneaux.
C'eſt moi qui ai fait tous

ceux qui animent l'Uni-
vers. Madame , répon-
dis-je , vous avez bien
de la conscience ; car il
y en a beaucoup aux-
quels vous n'avez pas é-
pargné l'étoffe. Nous
montâmes dans son char
& nous laissâmes la
vieille Fée crier aux
dents.

Oh ! que cela est plai-
sant , dit Grisemine en
interrompant le Sultan ,
& que fîtes-vous chez la
Fée aux Anneaux avec
votre dent à la main ? Par-

bleu, Madame, je n'y puis plus tenir, vos queftions font impertinentes; ma foi je m'en vais me coucher, je ne fuis pas d'humeur de fatisfaire votre curiofité pour le préfent; je verrai demain fi je vous raconterai le refte de mes Avantures.

Fin de la premiere Partie.